24 Février 1887.

VENTE DU JEUDI 24 FÉVRIER 1887

HOTEL DROUOT, SALLE N° 4

BRONZES ET MARBRES D'ART

ET D'AMEUBLEMENT

ARGENTERIE

FLAMBEAUX EN ARGENT CISELÉ

Statuettes en porcelaine et biscuit

MINIATURES

OBJETS DE VITRINE

CURIOSITÉS DIVERSES

Mᶜ G. BOULLAND	M. Eugène SORTAIS
COMMISSAIRE-PRISEUR	EXPERT
26, rue des Petits-Champs, 26.	23, rue des Capucines, 23.

EXPOSITION PUBLIQUE

LE MERCREDI 23 FÉVRIER 1887

DE 2 HEURES A 5 HEURES 1/2

HOMO
ADDITVS
NATVRÆ
IMPRIMERIE DE L'ART

CATALOGUE

D'UNE

JOLIE RÉUNION

DE

BRONZES D'ART

ET D'AMEUBLEMENT

GARNITURES EN MARBRE — ARGENTERIE

Belle paire de flambeaux en argent cisele

Porcelaines — Faïences et Biscuits
Groupes — Statuettes — Figurines — Objets d'art
Curiosités diverses
Miniatures et Objets de vitrine

DONT LA VENTE AURA LIEU

HOTEL DROUOT, SALLE N° 4

Le Jeudi 24 Février 1887

A 2 HEURES

Mᵉ G. BOULLAND	**M. EUGÈNE SORTAIS**
COMMISSAIRE-PRISEUR	EXPERT
26, rue des Petits-Champs, 26	23, rue des Capucines, 23

EXPOSITION PUBLIQUE

Le Mercredi 23 Février 1887, de 2 heures à 5 heures 1/2

CONDITIONS DE LA VENTE

Elle sera faite au comptant.

Les acquéreurs payeront en sus des enchères *cinq pour cent*, applicables aux frais.

L'exposition mettant le public à même de se rendre compte de l'état des objets, il ne sera admis aucune réclamation une fois l'adjudication prononcée.

Paris. — Imp. de l'Art. E. Ménard et J. Augry
41, rue de la Victoire, 41,

DÉSIGNATION DES OBJETS

1 — Coupe-jardinière de style Louis XVI, marbre bleu turquin avec bronzes ciselés et dorés au mercure.

Paire de lampes accompagnant la coupe ci-dessus.

2-3 — Socle pendule style Louis XVI, forme tabouret, marbre bleu turquin orné de bas-reliefs bronze ciselé et doré au mercure.

Groupe en bronze : *Érigone*, par Carrier-Belleuse. Allant sur le socle ci-dessus.

Paire de candélabres d'accompagnement pour la pendule ci-dessus.

4-5 — Très importante garniture de cheminée, pendule et candélabres, amours ciselés et dorés. Style Louis XVI.

6 — Pendule bronze doré, mouvement à quantièmes. Epoque Louis XVI.

7 — Grande et belle vasque en ancien bronze de la Chine.

8 — Belle paire de flambeaux style Louis XIII, bronze vieil or.

9 — Éléphant en bronze de Barye (ancienne patine).

10 — Groupe bronze : Sanglier coiffé par des chiens, de Fratin.

11 — Autre groupe en bronze : Cerf aux abois et chiens.

12 à 17 — Six pièces de surtout de table en bronze ciselé et argenté, de Fratin. (Sera divisé.)

18 — Torchère porte-lampe, style de la Renaissance, cuivre poli.

19-20 — Deux petites jardinières style chinois, bois noir et bronze doré; parties émaillées sur marbre noir et bronze doré.

21 — Petite jardinière tout bronze avec médaillons.

22 — Coupe persane cuivre rouge sur base marbre.

23 — Coupe style Louis XIII, cuivre jaune.

24 — Encrier cristal sur plateau en bronze.

25 — Cendrier en bronze émaillé. Ancien travail chinois.

26 — Brûle-parfums bronze et marbre.

27 — Petite statuette bronze représentant Napoléon Ier.

28-29 — Deux paires de flambeaux brûle-parfums en bronze. Époque Louis XVI.

30 — Buste d'empereur romain en bronze, vêtu d'une cuirasse ciselée dans le goût de la Renaissance.

31 — Plaque de bronze : *Ecce homo*, cadre chêne

32 — Beau groupe terre cuite : Cerf en éveil.

33-34 — Deux statuettes terre cuite d'après Clodion : Prêtresse et Déesse.

35 — Belle coupe en biscuit supportée par un groupe de trois amours.

36 — Jolie petite pendule en biscuit, cadran surmonté de deux amours. Époque de la Restauration.

37-38 — Bustes de Louis XVI et de Marie-Antoinette, en biscuit de Sèvres.

39 — Belle paire de flambeaux en argent ornés de figurines ciselées en relief et gravées de fleurs et ornements.

40 — Jolie paire de salières argent, forme brûle-parfums. Époque Louis XVI.

41 — Cadre en argent, style Louis XIV, gravé et ciselé.

42 — Cadre à miniature en argent ciselé figurant des lauriers et des roseaux.

43 — Quatre coins de livre et petite boîte à mouches en argent gravé.

44-45 — Pince à sucre et passe-thé argent doré.

46 — Agrafe de manteau en filigrane, argent orné de pierres. Travail espagnol.

47 — Étui en argent de forme octogonale gravé et chiffré R. G.

48 — Paire de boucles argent, de forme rectangulaire. Époque Louis XVI.

49-5o — Deux grandes boucles, carré long, en argent repercé et gravé. Époque Louis XVI.

51 — Paire de boucles argent faceté, de forme ronde. Époque Louis XVI.

52 — Peigne argent doré garni de stras.

53 — Boucle de ceinture stras, monture argent doré.

54 — Jolie croix argent et or, garnie de stras. Époque Louis XVI.

55 — Montre en argent doré, fond ciselé et orné
d'une miniature, cadran à personnages en
relief.

56 — Montre d'homme remontoir or, fond en
cristal gravé et doré.

57 à 68 — Onze figurines en porcelaine émaillée
figurant des enfants et amours.

69 à 73 — *Le Joueur de flûte, l'Enlèvement, la
Cage, le Goûter* et *la Toilette.* (Sera divisé.)

74 à 78 — *L'Hiver, Chaise à porteurs, Chemin
fleuri, Buveurs, Bacchus.* (Sera divisé.)
Figurines et groupes en porcelaine de Saxe.

79 — La Quenouille, groupe en porcelaine
émaillée.

80 à 87 — Huit tasses et soucoupes porcelaines
diverses provenances.

88 — Bec de canne en porcelaine émaillée.

89 — Fontaine en ancienne faïence de Rouen,
décors polychromes.

90 — *L'Oiseau envolé,* porcelaine de Saxe; monture bronze doré.

91 — Groupe : Laitier et vache, en ancienne
faïence de Delft, décors polychromes.

92 — Deux vases en porcelaine de Sèvres garnie de bronzes dorés.

93 — Tasse et soucoupe fond vert, décors à fleurs ; porcelaine française.

94 — Petit vase et couvercle ; ancienne porcelaine de l'Inde.

95 — Encrier en vieille faïence de Rouen.

96 — Potiche en porcelaine de Chine fond rose, médaillons à personnages ; monture bronze.

97 — Petite bonbonnière en porcelaine de Saxe.

98 — Douze assiettes en porcelaine du Japon, décors bleus. (Sera divisé.)

99 à 105 — Sept plats ronds et longs en faïence et porcelaine ancienne et moderne. (Sera divisé.)

106 — Six assiettes en porcelaine anglaise, décors or sur fond gros bleu.

107 — Deux jardinières en porcelaine de Chine, avec plateaux, décors personnages.

108 — Assiette en ancienne porcelaine de Chine ; monture bronze doré.

109 à 111 — Deux potiches et un cornet en ancienne faïence de Delft.

112 — Deux lampes en porcelaine de Chine craquelée ; monture bronze.

113 — Deux jardinières en faïence de Niederviller.

114 — Huilier en ancienne faïence de Rouen.

115 — Émail de Limoges figurant Adam et Ève. Cadre bois sculpté. Époque Louis XIV.

116-117 — Deux émaux sur cuivre repoussé. Travail italien du xviie siècle.

118 — Joli buste en bronze : César en cuirasse.

119-120 — Châtelaine, or mat décoré de palmettes émaillées.

Montre de dame, remontoir ancre, boîte en or décoré de palmettes émail.

121 — Montre d'homme, or, remontoir fond cristal gravé et décoré.

122 — Bague or camée, entourage demi-perles.

123 — Miniatures : Isabelle de Lorraine et Henriette de France.

124 — Broche, métal doré et gravé orné d'une miniature.

125 — Portrait de femme, époque Louis XIV, miniature sur cuivre.

126 — Miniature d'homme. Époque de la Restauration. Cadre bois doré à huit pans.

127 — Boîte en buis, ornée d'une miniature : Portrait d'homme.

128 — Saint Jérôme, miniature sur cuivre. Époque Louis XIV.

129 — Très jolie miniature : la Fille du Titien.

130 à 137 — Huit miniatures. Époques Louis XVI et Restauration. (Sera divisé.)

138 — Panneaux en bois sculptés anciens de diverses époques.

139 — Statuette, bois sculpté et peint.

140 — Statuette bois sculpté. Époque Louis XIV.

141 — Deux bras de fauteuils sphinx, bois peint et doré.

142 — Petit guéridon style grec, bronze vert, dessus marbre noir.

143 — Petite boîte à musique, quatre airs, boîte en fer peint et verni.

144 — Étui en fer gravé et repoussé.

145 — Triptyque : Adoration de l'Enfant Jésus. École italienne du XVIIe siècle.

146 — Couronne royale en métal gravé et ciselé de l'époque Louis XIV.

147 — Deux coquilles nacre gravée de sujets religieux. Époque Louis XIV.

148 — Beau marteau de porte, bronze ciselé, figurines ciselées supportant une armoirie.

149 — Sous ce numéro seront vendus les objets non catalogués.